媽媽是天使

ㄇㄚˊㄇㄚˊㄕˋㄊㄧㄢㄕˇ

文·圖 〰 黃郁欽

大人說，媽媽已經離開我們，
去了很遠很遠的地方，
再也不會回來了。

媽媽才沒有離開，
她就在這裡啊。
不然爸爸一個人怎麼有辦法
幫我做便當？

大家都說便當看起來好漂亮、
好好吃。
你的媽媽一定很厲害。

媽媽才沒有離開，她就在這裡啊。

不_{ㄅㄨ}然_{ㄖㄢ}阿_ㄚ公_{ㄍㄨㄥ}阿_ㄚ嬤_{ㄇㄚ}才_{ㄘㄞ}不_{ㄅㄨ}知_ㄓ道_{ㄉㄠ}我_{ㄨㄛ}喜_{ㄒㄧ}歡_{ㄏㄨㄢ}什_{ㄕㄣ}麼_{ㄇㄜ}衣_ㄧ服_{ㄈㄨ}。

只有媽媽知道，我最喜歡蓬蓬裙！

媽媽才沒有離開，
她就在這裡啊。

不然哥哥怎麼願意借我玩
他最愛、最愛的玩具。

媽媽不在的時候，他對我最凶了。

我ㄨˇ要ㄧㄠˋ跟ㄍㄣ媽ㄇㄚ媽ㄇㄚ說ㄕㄨㄛ，

機ㄐㄧ器ㄑㄧˋ人ㄖㄣˊ好ㄏㄠˇ酷ㄎㄨˋ喔ㄛ。

媽媽才沒有離開，她就在這裡啊。

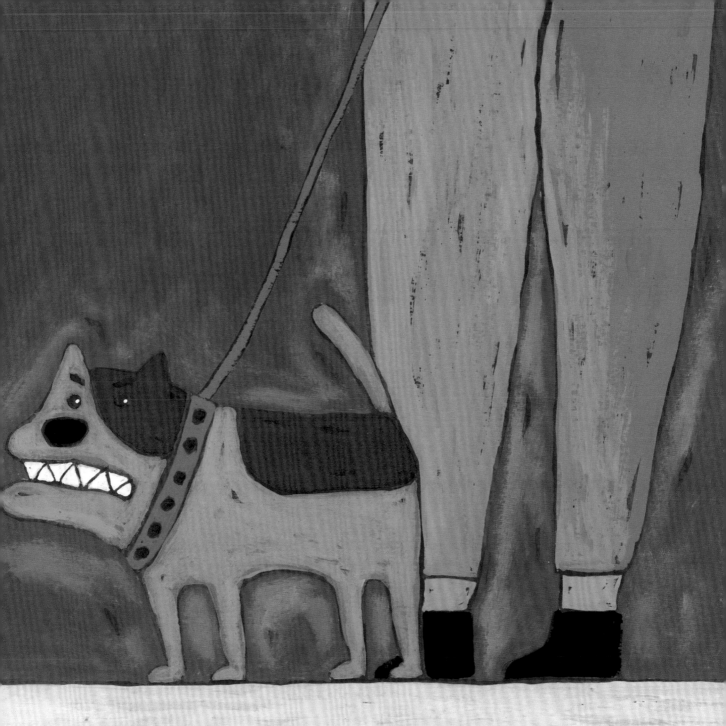

不然隔壁的阿伯怎麼說我變乖、變勇敢了。

我ㄨㄛˇ本ㄅㄣˇ來ㄌㄞˊ就ㄐㄧㄡˋ很ㄏㄣˇ乖ㄍㄨㄞ、很ㄏㄣˇ勇ㄩㄥˇ敢ㄍㄢˇ啊ㄚ。

「媽ㄇㄚ媽ㄇㄚ˙！……一ㄧ點ㄉㄧㄢˇ都ㄉㄡ不ㄅㄨˋ痛ㄊㄨㄥˋ！」

我會自己起床，不用媽媽叫。

會ㄏㄨㄟˋ自ㄗˋ己ㄐㄧˇ穿ㄔㄨㄢ衣ㄧ服ㄈㄨˊ，

也_ㄝ會_{ㄏㄨㄟ}自_ㄗ己_{ㄐㄧ}穿_{ㄔㄨㄢ}鞋_{ㄒㄧㄝ}子_ㄗ。

大家都說我長大了。

可是就算我長得比山還要高，還要大，

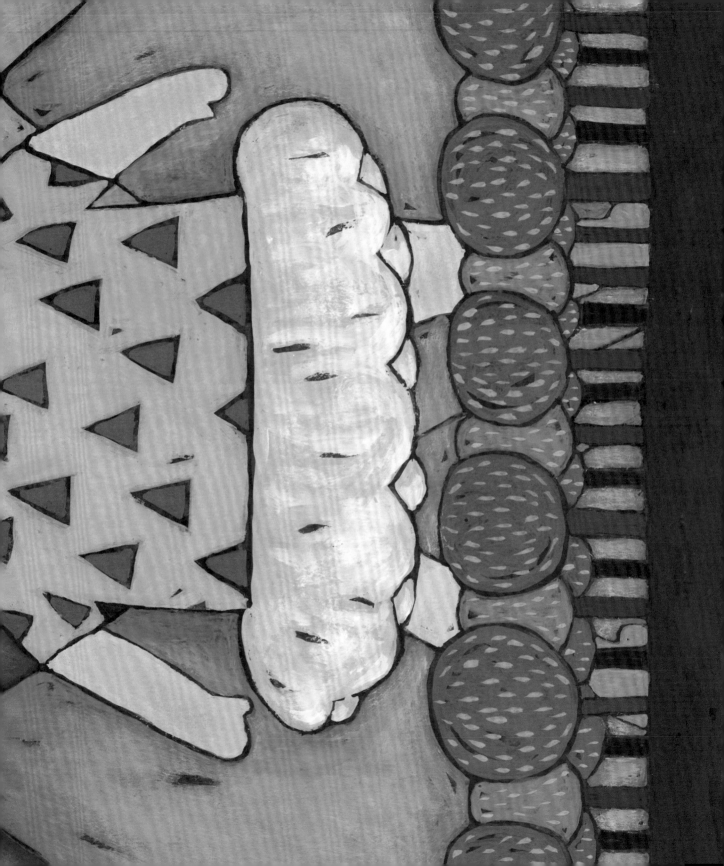

我還是媽媽永遠的小寶貝。